原振俠

系列
少年版

02
迷路

作者：倪匡　　　文字整理：耿啟文　　　繪畫：東東

序

　　回想《衛斯理系列少年版》推出之時，作者倪匡對此大感讚嘆，更樂為之序，後來與他談及改編另一個科幻小說系列《原振俠》，他也笑言喜見其少年版。遺憾倪匡已不能在地球上看見這部作品順利誕生，但願他在某個角落得知，活着的人依然秉承他的心願，繼續推廣其作品，讓更多少年人認識他的創作，好讓這些不朽經典流傳下去。

明報出版社編輯部

目錄

角色介紹

黃絹
非洲某國的重要人物，
總帶着神秘感的女子。
個性倔強，神態高傲。

原振俠
溫文、帥氣、聰明
的醫生，對神秘事
件充滿好奇心。

尼格酋長　　徐玉音

陳維如

王一恆

第十一章

妻子的
怪異行徑

王一恆質問原振俠，何以身為本市醫院的**醫生**，卻同時又是阿拉伯代表團的成員？

原振俠以為王一恆對代表團起了疑心，只好小心翼翼，**坦誠**回答：「因為我認識黃團長，黃絹。」

王一恆身子前傾，神情竟比原振俠提起陳維如時還專注，問：「是**同學**？」

「不。」原振俠搖着頭，「我在日本學醫時，曾和她

研究過一件相當離奇的事。她知道我對事物有一定的分析

能力，所以她調查尼格酋長**失蹤**一事時，在未曾見你之

前，先找我商量一下。」

　　王一恆十分用心地聽着。原振俠此刻已明白到，王一

恆並非對代表團起了**疑心**，而是對黃絹動了心，想知

 妻子的怪異行徑

道更多關於黃絹的事。

「她和那個獨裁者卡爾斯將軍的關係，究竟怎麼樣？」王一恆問。

原振俠對這個問題感到十分**厭惡**，冷冷地回答：「我不知道。」

王一恆的身子向後仰回去，「我知道黃小姐極得卡爾斯將軍的**信任**，在那個國家，她幾乎可以替代卡爾斯發言。」

原振俠聳了聳肩，明顯地表示了自己不感興趣，王一恆也不再**追問**了，只說：「原先生，以後我或許還有借重你的地方。」

「以後的事不急，倒是維如──」

「我想請黃小姐把他弄到南美洲去，我在那邊有一個朋友，他可以生活得很好。」王一恆**氣定神閒**。

原振俠卻着急道：「但他殺了人，殺了他的妻子！」

「什麼意思？難道你要他上法庭受審？」王一恆大惑不解，「當時由黃絹掩護他逃走，你也是同意的。」

原振俠解釋：「我的意思是要查出他為什麼殺人——」

而不是讓他一輩子做逃亡的殺人兇手！

王一恆凝視着原振俠，「好，那我就把這件事交給你，需要多少**費用**都不成問題。」

事實上，就算沒有王一恆的「委託」，原振俠自己也打算要查出**真相**。他於是點了點頭，站了起來。

而就在這時，王一恆的手機突然響起，只見他接聽後怔了一怔，聲調變得極其 活潑 ，對電話的另一方說：

「當然，黃小姐，我一定會實現我的諾言。我們需要詳談，今晚來我家如何？」

他略頓了一頓，接着哈哈大笑起來：「哈哈，如果你擔心和我獨處不**安全**的話，大可以把你的保鑣全帶來。」

原振俠在旁提醒王一恆：「問她維如在哪裏？」

王一恆照着問了一句，又答應了一聲，就神情愉快地**掛線**，並告訴原振俠：「維如在一個阿拉伯國家的領事館中，她已經吩咐人特別照顧，你隨時可以去見他！」

原振俠知道黃絹口中那個「阿拉伯國家」，就是卡爾斯將軍統治的那個國家，於是馬上動身**出發**。

 妻子的怪異行徑

該領事館是一座相當古老的大花園洋房，原振俠經過徹底檢查後，被帶到地下室，通過一道**暗門**，進入了一間燈光柔弱、佈置豪華，看來十分舒服的大房間。

只見陳維如的身子緊緊縮成一團，縮在一張大沙發的一角。原振俠進來後，領事館人員**恭敬**地退了出去，順手把門關上。

「維如！」原振俠一面叫，一面向他走過去，但陳維如一點反應也沒有。

原振俠在沙發上坐了下來，説：「維如，你一定要回答我的問題，你為什麼要殺掉自己的妻子？」

陳維如**震動**了一下，戰戰兢兢道：「我……是殺了一個人……」他望着自己的雙手，喃喃自語，「本來是一雙救人的手，可是我卻扼死了一個人……」

「為什麼？」原振俠**沉重**地問。

陳維如苦笑起來,「振俠,我把事情原原本本告訴你,你信也好,不信也好!」

原振俠**求之不得**,「這正是我來看你的目的!」

陳維如深吸一口氣,說:「事情是那天晚上開始的,你可還記得一月一日那夜,我們幾個醫生在你宿舍聽《新世界交響曲》?」

「記得。」

陳維如便開始叙述,那夜他在原振俠的宿舍聽**音樂**後,回到家裏已經將近午夜。當他走出電梯,看見燈光從家裏門縫透出來時,他便知道徐玉音也參加完公司舉辦的聯歡晚會,已經回家了。

陳維如開門進去,客廳中**燈火通明**,卻沒有人。他走進臥室,同樣沒有人,但是有聲響自浴室傳出來。陳維如一面叫着妻子的名字,一面推開浴室的門,用十分

親暱的聲音叫了一聲，卻突然呆住了。

只見徐玉音站在鏡前，注視着 **鏡子**  中的自己，臉上神情怪異莫名。陳維如自從認識她以來，未曾見過她這種異樣的神情，夾雜着驚疑、恐懼、悲哀，十分複雜。

徐玉音還舉起手來，用力扯着自己的臉，像是臉上戴着一個面具，她要將 **面具** 扯下來一樣！

陳維如呆了一呆，不明白妻子在幹什麼，就在這個時候，徐玉音一連說了幾句話，是陳維如完全聽不懂的。

陳維如向前走出了一步，**詭異**地問：「玉音，你說什麼？」

徐玉音似乎這時才知道身後有人，轉過身來，神情仍然是那樣怪異莫名，又講了兩句話，同樣是陳維如聽不懂的。

這時候，陳維如只感到一股 **寒意** 侵襲全身。在他面前的明明是他的妻子，可是為什麼她望着自己的眼光，卻全然像一個**陌生人**？

徐玉音指了一下鏡子，繼續講了幾句陳維如聽不懂的話，陳維如忍不住**尖叫**起來：「別講我聽不懂的話！」

徐玉音怔了一怔，忽然改了口，問：「你⋯⋯是日本人？」

她這句話是用一種口音極**濃重**的英語說出來的，陳維如在那一剎間，真是駭然到了極點！

陳維如從小在英國長大，徐玉音也是在英國讀大學的，兩人的英語都十分流利，平時也常用英語**交談**，彼此非常熟悉對方的口音。可是這時出自徐玉音口中的英語，口音極**奇怪**，而且她居然將自己的丈夫當成陌生人，問他是不是日本人！

陳維如真的被嚇壞了，而徐玉音還在不斷用她那種極濃重的口音問：「這是什麼地方？我怎麼會在這裏？發生了什麼事？」

她提出一連串**問題**，每個問題都使陳維如的寒意增加。陳維如大聲叫了起來：「玉音，你在說什麼？你為什麼變成這個樣子？」

他這兩句話也是用英語叫出來的。剛才他說中文的時

妻子的怪異行徑

候，他的妻子竟然問他是不是日本人，這時他一說英語，玉音怔了一怔說：「你叫我什麼？」

　　玉音的狀況有點像精神錯亂，陳維如**不由自主**地伸手拍打她的臉，希望令她清醒一點。可是由於太擔心，一時用力過度，猶如重重**摑了她一巴**。

兩人自認識以來，幾乎連吵架也未曾有過，更不要說動手了。

當陳維如去扶她的時候，她推開了陳維如，低着頭，像在想什麼，陳維如不知如何是好。過了大約三四分鐘，徐玉音才突然抬起頭來，掠了掠頭髮，望着陳維如，露出了一個苦澀的笑容來。

一看到這個情形，陳維如大大鬆了一口氣，因為剎那間，他感覺到自己熟悉的玉音回來了。

徐玉音慢慢站了起來，像是十分疲倦，說：「真是的，連我自己也不知道——我有夢遊症！」

陳維如呆了一呆，「夢遊？」

徐玉音別過了頭去，「我回來後一直在等你，等着等着，就入睡了。」

原振俠一直很用心聽陳維如從頭說起，此刻疑惑重

妻子的怪異行徑

重，忍不住問：「她真的是**夢遊**嗎？以前有沒有出現過類似情況？」

陳維如搖了搖頭，「完全沒有，而且我覺得，她當時很明顯在**掩飾**着什麼，向我撒了謊！」

第十二章

求助靈媒

當天晚上，兩人好不容易終於上牀就寢，可是陳維如矇矓地快要睡着時，突然被徐玉音的叫聲驚醒過來。

他聽到徐玉音正急促地説着話，又是那種他聽不懂的話。

陳維如驚駭莫名，覺得徐玉音所説的，一定是某種他不懂得的語言。他靈機一動，拿出手機，打開翻 >>> 譯軟件，嘗試把她説的話翻譯過來。

看到結果後，陳維如嚇了一跳，翻譯的內容是：「我一定是**迷路**了，怎麼一回事？快讓我回去！」

　　而真正令他吃驚的，是翻譯軟件自動**偵測**到那種語言，竟屬於阿拉伯語！

徐玉音緩緩地轉過頭來，用力撫着臉，**迷糊**道：「什麼？阿拉伯語？誰説阿拉伯語了？」

陳維如一時間不知該如何反應。

第二天早上，陳維如由於沒有睡好，顯得相當**疲倦**。但徐玉音看來卻完全正常，她和陳維如一起出門，各自駕車離去。

陳維如回到醫院後的第一件事，就是找醫院的精神科主任醫生，把徐玉音昨天晚上發生的事，假託是發生在另一個人身上，**請教**對方的意見。

精神科主任醫生聽完敘述後，輕拍着陳維如的肩頭，笑道：「你説的情形不應請教醫生，該去求助靈媒！」

陳維如**瞠目結舌**，一時間沒意識到對方在開玩笑，精神科醫生接着説：「嚴重的精神分裂，可以使人產生幻覺。譬如説，幻想自己是拿破崙，會學拿破崙説話、行

動，可是如果他本來就不會法文的話，在他自覺是拿破崙

的時候，也絕不會說出法語來。所以你說的情形，更像是

電影裏常見的鬼上身。哈哈。」

　　精神科醫生哈哈大笑，但陳維如一點也不覺得好笑，

只感到一股寒意從背脊蔓延全身。

接下來的三天都相當**平靜**。但三天之後的一個晚上，陳維如在衣櫥旁準備明天要穿的衣服時，突然聽到徐玉音在浴室裏説着阿拉伯語。

陳維如呆住之際，忽然注意到衣櫥的**角落**藏着一個手袋，頗為隱秘。

那是一個十分精緻的花布手提袋，法國名家設計，是陳維如送給徐玉音的，徐玉音十分喜歡，幾乎每天都用。而陳維如也知道，徐玉音從來沒有把東西藏得如此**隱秘**的習慣，更何況是每天要用的東西？

他於是取出手提袋，打開來看，發現袋裏是幾本雜誌和一些**剪報**，封面和圖片全是同一個阿拉伯人作高貴的酋長打扮，看內容才知道那是道吉酋長國的尼格酋長。

陳維如感到既駭異，又莫名其妙。他細看剪報，內容大多是尼格酋長在夏威夷毛夷島上**失蹤**的消息。

陳維如還想再看，但這時浴室的 **水聲** 停止了，他慌忙把所有東西放回去。

在那幾天之中，他發現徐玉音經常在一本簿上寫東西，不知道寫什麼。陳維如趁她不注意時打開過那本簿來看，上面全是他不認得的阿拉伯文字，而且 **潦草** 到連翻譯軟件也認不出來。

陳維如感到自己的妻子像變了另一個人，而且是一個阿拉伯人，甚至覺得她就是那個失蹤了的尼

格酋長。

　　不過，真正令陳維如忍無可忍的，還是徐玉音的那個**動作**。

　　那天晚上，徐玉音坐在化妝台前對着鏡子，神情怪異，而她的動作更是莫名其妙，不斷用手在自己的下顎和腮邊撫摸着。

　　陳維如初時不知道她在幹什麼，但很快就想到了，徐玉音的手放在下顎是在撫摸着**鬍子**！那完全就是一個鬍子茂密的男人在撫摸自己鬍子時的動作！

陳維如的思緒一片 *混亂*，曾好幾次想和徐玉音好好談一談，但是徐玉音什麼也不肯説。他實在沒有別的辦法可想，結果真的想到了那一點——找一個會**捉鬼**的人！

他於是找了一位非常有名的靈魂學家，名字叫呂特生，本身是一家大學的教授，有着心理學博士的頭銜，是一位非常出色的學者。

陳維如專程去拜訪，神情苦澀地説：「我有一件十分**荒謬**的事——真是冒昧，我實在沒有人可以……」

就在他戰戰兢兢地説着時，客廳旁的書房門突然打開，一個人走了出來。呂教授並沒有介紹這個人，而這個人也不客氣地直指着陳維如説：「把你心中的 **困擾**，放膽對呂教授説吧！」

陳維如**苦笑**道：「可是……太荒誕了！」

呂教授笑了起來，指着那個人説：「再荒誕的事，這

位先生也經歷過。我想你一定聽過他的名字，他是——」

當呂教授想介紹那個人之際，那個人卻搖着手道：「不必提我的名字了，我正有**很麻煩**的事，不能再管其他事情，再見。」説着就匆匆地走了。

原振俠聽了陳維如的叙述，知道陳維如在呂教授家裏遇到的那個人，就是黃絹當日去找過他，請教關於人腦中

有一片金屬片的那位**衛先生**。

　　那個人走了之後，陳維如開始向呂教授訴説自己遭到的困擾。呂教授十分用心地聽着，等到陳維如講完，呂教授仍然默不作聲，可是神情卻十分**嚴肅**。

　　陳維如語帶哭音道：「呂教授，這是怎麼一回事？我快崩潰了，所以只好來找你——聽聽你的意見。」

　　呂教授仍然不説話，緊皺着眉。等了大約三分鐘，呂教授忽然説：「請你等一等，別介意我先打個**電話**。」

　　陳維如有點啼笑皆非，呂教授在這個時候忽然要打電話，那豈不是對他的叙述**毫不在意**！

　　只見呂教授拿出手機，撥打電話，説：「溫谷上校？」

第十三章

殺人的原因

溫谷上校這個名字，陳維如十分**熟悉**。

由於徐玉音的異常舉動，使陳維如也一直在留意尼格酋長失蹤的事件。他知道尼格酋長失蹤後，美國方面派去的特別調查小組負責人，就是溫谷上校！

呂教授仍在電話 **對答** ：「溫谷上校，我是呂特生。對，上校，我這邊發生了一件事，我認為已經找到尼格酋長了！」

殺人的原因

陳維如聽到這裏，不禁嚇了一大跳——呂教授這樣說，是什麼意思？

呂教授又繼續對電話說：「不是，情形極**奇特**，我無法在電話裏向你講清楚，你一定要立刻來，我等你！」

陳維如腦中**亂成一片**，呆呆地問：「你剛才那樣說是什麼意思？什麼叫已找到尼格酋長了？」

呂教授的態度十分嚴肅，「我有一個設想：發生在你太太身上的事是一種十分奇特的現象，在某程度上而言，我認為你太太就是——那個**神秘失蹤**的尼格酋長！」

陳維如實在忍不住站了起來要走，呂教授想留住他，他卻一把推開了呂教授，奪門而去。

離開了呂教授的住所後，陳維如腦中一片混亂，漫無目的在街上**閒蕩**。因為呂教授說中了他心中最害怕、明知已經發生卻又絕不想承認的事，他不知道該怎麼面對！

當晚，他在街上閒蕩至**天亮**，直接到醫院去，結果出事了！

聽到這裏，原振俠「啊」地一聲：「你做手術出是昨天的事，那麼，你是在前晚見呂教授的？」

陳維如點了點頭，「接着，那事情——就發生了！」

他說的自然是他殺死徐玉音的事。原振俠禁不住追問：「你用等等的經過，我已經從警方那裏知道了，當時你太太答應把事情全告訴你，她到底說了什麼？竟會令你……令你……」

陳維如現出極**痛苦**的神情來，「當管理員和鄰居走了之後，我也平靜下來，等着玉音說出事情的始末。」

當時陳維如問徐玉音：「究竟是怎麼一回事？」

徐玉音半轉過身去，好一會才開口：「我也不知道，真的，我不知道我為什麼會在這裏。有很多事我想不起來了，我只知道自己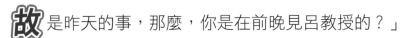！」

徐玉音這時用的，依然是那種不屬於她平時所講的英

語，聽在陳維如的耳中，每一個字都像是 **利鋸** 在鋸他的神經一樣。

陳維如不由自主地喘着氣，忍不住尖聲道：「我知道你是誰，你是道吉酋長國的什麼尼格酋長！」

徐玉音怔了一怔，沒有即時回答，沉默了一會才說：「其實我有點 **羨慕** 你，雖然我有四個妻子，但她們沒有一個及得上你太太，真希望這個人是我的妻子。」

他竟捧着自己的臉照鏡，現出十分 **傾心** 的模樣。

這舉動令陳維如**目瞪口呆**，氣血直往自己的頭上衝，他大口喘着氣，怒喝道：「住手！停止！」

他一面叫，一面已經伸出了雙手，直撲過去，一下子就扼住徐玉音的**脖子**。

這時，他已經完全失去自制力，再也無法控制自己了。在他眼中，面前這個人根本不是徐玉音，而是一個對他妻子**虎視眈眈**的邪惡男人！

陳維如用力掐着徐玉音的頸，直到看見徐玉音的臉轉了色，才鬆開了手，自己也感到全身**乏力**，身子向旁一歪，「咕咚」一聲跌倒在地上。

他用手撐着地，大口喘着氣，大滴大滴的汗自額角流下來。當他看着徐玉音，整個人就像受到**雷擊**一樣震動起來！

「殺了人……我扼死了玉音！殺死了玉音！」陳維如

雙腿在劇烈地發抖，根本無法站起來！他殺了人，而且是殺了自己的妻子！可是，他又強烈地知道那絕對不是他的妻子，而是另一個人！

當然，無論他怎麼説，別人也不會相信這麼荒謬的解釋。但為了減輕自己的 **罪疚感**，陳維如至少要向自己證明，徐玉音並不是真正的徐玉音！

就在這時候，他想起徐玉音那本天天在 **秘密** 書寫的簿。他立即衝進卧室，終於在一個化妝箱裏找到了他要找的東西——不單有那本簿，還有許多圖片、剪報。陳維如匆匆看了一下，就合上了箱子，提着箱子 **逃走** ！

至於之後發生的事，原振俠已經知道了，甚至身歷其中，陳維如也不用多作詳述。

陳維如望着原振俠，口唇發着抖，「全部過程……我已經説了，你……信不信我？**你一定要相信我**！」

原振俠深深地吸了一口氣，實在不知道該如何回答這個問題才好，想了一想，只説：「維如，你暫時很 **安全**，黃絹可以設法把你弄到更安全的地方去。」

陳維如苦笑道：「振俠，我不想落在警方手中，並不是不敢對自己的行為**負責**，而是我需要保持活動自由，去弄清楚這究竟是怎麼一回事！」

原振俠也苦笑道：「那怎麼可能？現在全市的警察都在找你，只要你一**離開**這裏──」

陳維如立時搖頭道：

我不用自己去，
你代我去！

原振俠怔了一怔，一時之間不知道陳維如這樣說是什麼意思。陳維如接着道：「那個化妝箱裏面的文字一定極其重要，不然她不會**日日夜夜**地寫——」

未等他説完，原振俠已問：「那個化妝箱你藏在哪裏？」

「在機場的**行李寄存處**。」

原振俠沒有再説什麼，只是安慰了陳維如幾句，從他手中取過那存放行李的收據，便匆匆離開那個房間。

原振俠走出房間後，碰到了**悉心打扮**過的黃絹，她説：「我和王一恆約會的時間快到了，你也來參加！」

原振俠猶豫了一下，婉拒道：「我還有一點事，維如剛告訴我一個十分怪異的故事。」

黃絹**放肆**地笑了起來，「別理會陳維如的故事，一

個人殺了妻子，總會編一些故事來！」

原振俠連忙說：「不，陳維如所講的，和失蹤的尼格酋長有關！」

黃絹呆了一呆，任她怎麼想，也無法把一個在夏威夷神秘失蹤的阿拉伯酋長，和這裏一個醫生的妻子連在一起，所以她並不在意，又說：「還是先聽聽王一恆的解釋更實在。」

原振俠深深地吸了一口氣，然後冷冷地說：「王一恆絕不會歡迎我也在場。」

黃絹又呆了一呆，「你是說——」

原振俠沒有進一步說明，只道：「你應該知道的，我不信你感覺不出來。」

黃絹充滿自信地笑了一笑，「好，我再和你聯絡。」

原振俠嘆了一聲，就離開了領事館，這時天已經快

殺人的原因

黑下來了。

他離開領事館後，直赴機場✈，在行李寄存處拿到了那個化妝箱。他小心地提着箱子，走出機場大樓之際，有兩個人向他迎面走來，一個是頭髮半禿的中年人，另一個是紅髮、個子算矮小的西方人。

這兩個人來到原振俠面前，半禿的那個中年人先開口：「**是原醫生？**」

第十四章

靈魂離體

原振俠雖然從來**沒見過**面前這兩個人，但不止一次聽人講起過他們——那半禿的中年人是呂特生教授，而那一頭紅髮的西方人就是溫谷上校。

呂特生向原振俠講解：「陳維如打電話給我，說在機場可以見到你。」

原振俠**遲疑**了一下，心想陳維如是什麼時候打電話給他的？陳維如現在的處境十分不妙，為什麼他還要和呂

教授聯絡？

　　看到原振俠遲疑的神情，呂特生和溫谷兩人互望了一眼，呂特生索性**開門見山**説：「原醫生，陳維如做了什麼事，我們全知道了，是不是可以先找一個地方談談？到我的住所去怎麼樣？」

　　原振俠沒有異議，點了點頭，一起上了呂教授的車子，路上都保持**沉默**。

到了住所，呂教授直接請兩人進入書房，然後說：「原醫生，我和溫谷上校都假定你可以接受一些非現代科學所能解釋的現象。我是唸心理學的，可是近十年來，我專門鑽研**靈學**。我在靈學上的研究，只有同是研究靈學的人才知道，因為直到目前，靈學研究還是在**摸索**階段，尚未得到科學界肯定。」

原振俠點頭道：「我明白。」

呂特生又指了指溫谷上校，說：「溫谷上校和我一樣，也是一位**靈學研究者**！」

溫谷上校揚了揚眉，「和我的職業不是十分相稱，嗯？」

原振俠攤了攤手，「簡直不可想像！」

溫谷上校說：「其實那和我的職業也有很大關係，我的職業需要對許多**謎**一樣的事展開徹底調查。而當中有

不少事情，是完全無法用現有**科學** 來解釋的，逼得我要向另一方面尋求答案。像尼格酋長失蹤的事，就是一個典型的例子。」

溫谷已經説到正題上，原振俠也**坦白**説：「由於一個偶然的機會，我已經知道你們調查的結果。」

「**偶然**的機會？」溫谷笑了笑。

原振俠略怔了一怔，溫谷已經説：「黃絹一出發到東南亞，我們已經有了情報，知道她真正的任務是負責調查尼格酋長的**下落**，亦知道她到達後與王一恆聯絡，也和你見過面！」

原振俠「嗯」地一聲，「你們的**情報** 工作做得很不錯，什麼都知道。」

溫谷上校回到正題：「你已經知道的事，我們就不説了。尼格酋長失蹤後，我們全力調查，結果一點頭緒也沒

有，那就使我想到不能用**常規**的方法來解決這件事！」

「我不明白你的意思。」原振俠説。

「我作了一個大膽的假設。」溫谷解釋道：「我的假設是，尼格酋長連人帶車，在某種原因下，進入了另一個空間！或者説，在那一剎間，**空間**和**時間**發生了我們不理解的變化，使得尼格酋長連人帶車，徹底在我們習慣的空間中消失！」

原振俠皺着眉，並沒有説什麼。呂特生和溫谷互望了一眼，呂特生接着説：「聽起來**匪夷所思**，但是像尼格酋長這樣的失蹤案，歷史上有記錄的超過二十宗。」

原振俠點頭道：「聽説大西洋百慕達神秘三角，就有不少船隻和飛機**無緣無故**失蹤的紀錄。但是，就算尼格酋長連人帶車進入了另一個空間，那麼，他和萬里之外一個醫生的妻子，又有什麼關係？徐玉音怎麼會覺得自己是尼格酋長？」

呂特生説：「這個現象比較**奇特**，是兩種特異現象的組合：一個是空間的轉移，另一個是靈魂的轉移。」

原振俠聽着，不由自主地吞下了一大口口水。

呂教授繼續説：「可以證明靈魂確實存在的實例有太多了，現在最流行的假定是：靈魂為一組**電波**，在絕大多數的情形下，都只跟隨特定的一個肉體；可是在非常特

殊的情況下，若另外一副人腦也可以和這些電波發生聯繫的話，那麼靈魂就有**轉移**的可能。」

溫谷補充道：「就好像一部新手機，如果能配對上舊手機的話，就可以將資料轉移。你要知道，手機本身只是一個軀殼，**真正的靈魂**是手機內的資料。」

呂特生總結：「尼格酋長基於不明的原因，**身體** 忽然進入了另一空間，但靈魂卻和肉體分離，並且迷了

路。而那迷路的電波，卻又和徐玉音的腦部產生感應──」

　　這時原振俠忍不住揚起手說：「等一等，這裏至少有三個**疑問**：一、尼格酋長是不是已經死了？二、徐玉音原來的靈魂呢？三、尼格酋長的靈魂如今又去了哪裏？」

　　呂教授苦笑着，「你這三個問題，我真的無法完全解答。首先，尼格酋長是連人帶車到了另一個**空間**，我們對那個空間一無所知，自然不知道他是不是已經死了！

「至於第二個問題，我推斷在開始的時候，尼格酋長的靈魂還只不過是對徐玉音的腦部進行 **干擾**。在干擾的過程中，徐玉音的『舊資料』慢慢被『新資料』取代，最後，『新資料』完全 **佔據** 了徐玉音的腦部。」

原振俠這時已經瞠目結舌，只好問：「那麼，第三個問題——」

呂特生深吸一口氣，「第三個問題，我的答案是：不知道。尼格酋長的靈魂可能又遇上第二個能產生 **感應** 的身體，或者到了另一個空間去。當然也可能仍然在我們這個空間中，漫無目的地 **飄蕩** 着。我實在不知道。」

原振俠花了好一會消化他們這些設想，然後才再開口：「陳維如説，徐玉音每天都用阿拉伯文字在寫一些什麼。現在我已經取得了她所寫的東西，照你們的 **假設**，那等於是尼格酋長寫出來的？」

溫谷點頭道：「可以這樣説。」

原振俠深吸一口氣，「那麼，我們只要看看他寫了些什麼，就能得到進一步**證明**。」

呂教授説：「我們來機場找你的目的正是如此。」

原振俠於是提起那個化妝箱來，**戰戰兢兢**地打開。

他先取出了一大疊報紙和雜誌，全是有關尼格酋長的報道，然後便是那本簿和若干寫了字的紙張。

那些文字全都是阿拉伯文，眾人嘗試用手機軟件去翻譯，可是由於字體太潦草，軟件也未能完全辨識出來。三個人苦笑着，這時原振俠突然想起黃絹，提議道：「黃絹一定看得懂！她是代表阿拉伯國家來尋找尼格酋長的。我們是不是該去找她，順便和陳維如進一步詳談？」

呂特生和溫谷都沒有異議，他們也想見見陳維如，於是便跟原振俠到那領事館去。當原振俠試圖與黃絹聯絡時，得到的回覆其實也在意料之中：「黃部長正和王一恆先生會談。」

第十五章

最想見的人

一確定黃絹會來赴約，王一恆的巨宅就開始刻意陳設佈置。他的情報蒐集人員告訴他，黃絹最喜愛的顏色是 *淺黃色*。

當財富充裕到像王一恆這樣的地步，辦起事來畢竟容易得多，只消幾小時，巨宅內可以換上淺黃色陳設的地方，全都變成了嬌嫩的淺黃色。

不但本市的 **黃玫瑰** 被他搜購一空，各鄰近城市

的黃玫瑰也統統在最短時間內，用專機運到本市。

當黃絹來到，看見淺黃色的地毯旁，放滿了嬌豔欲滴的黃玫瑰時，儘管是見慣大場面的她，也不禁現出**驚喜**的神色來。

王一恆在大門口**迎接**黃絹，他自己倒沒有穿淡黃色的衣服，只穿了舒服得體，卻又名貴得普通人無法想像的便裝。

他輕輕和黃絹握了握手，「**歡迎！**」

黃絹微笑道：「看得出你是真的很歡迎我。」

他們一起走進屋子，在大廳內的天鵝絨沙發上坐下來。這時有傭人奉上極品龍井茶，和幾乎令人以為早已不再存在於世上的八式蘇州鹹甜點心。

黃絹又笑道：「我以為只不過來聽你說一下理由就走。」

王一恆淡然地說：「我絕不會**食言**，理由其實極簡單，現在就可以告訴你。」

他先請黃絹一起喝茶，然後坦誠道：「一連三年，我都收到一張神秘的**請柬** ──」

他講到這裏，伸手在沙發邊的几上，將一個文件夾取了過來，打開，送到黃絹面前。那三張每年**除夕**之前送到的請柬，精緻而特別。

黃絹用心看着，很快就明白了，「同樣的請柬，尼格酋長也有一張？」

王一恆微微點頭，「**請柬** ✉ 上有六種文字，所以我相信一共有六張，各發給六個不同的人。除了我和尼格酋長之外，另外還有四個人就是——」

王一恆把另外四人的名字說出來，儘管黃絹現時已經相當有地位，可是她每聽到一個名字，還是不自覺地揚一下眉——六個收到請柬的人，全是世界上頂尖的**大亨**。

黃絹緩緩抬起頭，問：「請柬是什麼人發出來的？」

王一恆笑了一下，「我和其餘四人聯絡過，他們都認為那是無聊的 **惡作劇** 😈，不用理會。可是，有人發現尼格酋長真的去赴約了，我忍不住好奇心，想知道他如果依約到達毛夷島針尖峰下會遇到什麼事，所以——」

黃絹「嗯」地一聲，「所以你就派人去跟蹤尼格酋長。」

王一恆攤手道：「看，就是那麼**簡單**！」

　　黃絹靠在沙發背上，一副**恍然大悟**的樣子。

　　這時晚餐已經準備好了，兩人來到偌大的飯廳中，三

名小提琴手為他們**伴奏**　　，音樂也是黃絹最喜歡的一

首幽默曲。

　　整個進餐過程中，從開胃菜一直端上來，全是黃絹最

喜愛的食物。不必等到 **甜品** 出現，黃絹已經可以

肯定，王一恆為了這餐飯不知花了多少心思。

　　黃絹自然十分明白王一恆的心意，長得極漂亮的她從

少女時代開始，就不斷接受着各種各樣的讚美和追求，女

性的 *虛榮心* 使她樂見這種情形。

她認為愈多人傾慕她，她的權力、地位和重要程度也愈高，所以她絕不介意傾慕者愈來愈多，特別像卡爾斯、王一恆這些**舉足輕重**的人物。黃絹有本事令他們一直保持着傾慕的心，像驢子一樣不斷追着面前那永遠得不到的紅蘿蔔。

吃過豐富隆重的晚餐後，黃絹微笑道：「謝謝你告訴我派人跟蹤尼格酋長的原因，如果這三張請柬可以給我帶回去的話，我會設法查出發請柬的人。尼格酋長的失蹤，一定和這個人有極大的**關連**！」

王一恆緩緩吸了一口氣，看出黃絹準備要走了。黃絹果然站了起來，說：「謝謝你的款待，我該回去了。」

王一恆也顯得**落落大方**，慢慢地送她出去。這時黃絹的保安人員已迎了上來，其中一個低聲向黃絹講了一句話，黃絹轉頭道：「真的要走了，有幾個很特別的人在

領事館等我。」

　　王一恆作了一個無所謂的神情，心裏卻恨不得把她留下，他一直送黃絹到車邊才説：「希望我們能再見。」

　　黃絹給他一個充滿希望的微笑，「當然，一定會。」

　　王一恆深深地吸了一口氣，看着黃絹上了車，車子緩緩駛過花園，向外駛去。

　　王一恆怔怔地目送着車子離去，直到根本看不到車子了，可他還是怔怔地站着。

　　過了好久，王一恆苦笑起來，心中在想：爭着向自己投懷送抱的美女多如繁星，而他如今卻像一個普通人在追求公主一樣，在黃絹面前一籌莫展！

　　就在這時候，王一恆突然想起了那請柬上的一句話：「屆時，閣下將會見到**最想見**的人，和遇上**最渴望**發生的事。」

當他突然想到這一點時，整個人都為之 **震動**，心中不禁反覆地問：如果我在約定的時間，到了毛夷島的針尖峰，我將會見到什麼人？什麼人是我最想見的？

他心底深處立時叫出了一個人的名字來：**黃絹！**

第十六章

尋找玉音的辦法

呂特生、溫谷上校和原振俠三人到了領事館後，未能見到黃絹，於是先去看望陳維如。

陳維如和上次原振俠來看他時一樣，身子**蜷縮**在沙發的一角，當他們進來時，才緩慢地抬起頭來，用失神的眼光望着三人，身子仍然**一動也不動**。

原振俠在他身邊坐了下來，伸手搭着他的肩頭說：「維如，這位就是溫谷上校，呂教授你是見過的。我們三

個人已經討論了一下，認為你——你只是一種特異現象的**犧牲者**。這不是你的錯，特異現象之所以和你有關，完全是偶然的。」

講到這裏，原振俠略頓了頓，才說：「至於玉音，她比你更**無辜**。」

一提到他的妻子，陳維如渾身劇烈地發抖，原振俠便簡單扼要地把他們三個人的設想告訴他。

當原振俠講到一大半之際，陳維如立時**尖叫**道：「我早已説過，她……」

她已經不是她！

原振俠對陳維如的遭遇，寄予極大的 同情 ，但還是繼續向他解釋空間轉移和靈魂轉移的設想。

陳維如聽完後，苦笑着問：「那麼，玉音的靈魂到哪裏去了？」

原振俠望向溫谷和呂特生，兩位靈學專家的神情都很苦澀，因為他們也回答不了這個問題。

陳維如又問：「會不會在另一個空間？就在你們所說的另一個空間之中？」

呂特生沉吟着，沒有回答，溫谷上校説：「有可能，誰知道？」

他的話才一出口，就聽到一把 清脆悦耳 的聲音，隨着房門推開而傳進來：「我好像沒有説過，你可以帶其他人來見陳先生！」只見黃絹已換上了一套軍服，氣定神閒地走進來，盡顯 霸氣 。

原振俠連忙解釋：「他們兩位是對整件事能提出解釋來的人。他們的名字你或許聽過，一位是呂特生教授，另一位是溫谷上校，而他們私底下都是靈魂學家。」

黃絹有點**肆無忌憚**地笑起來，「靈魂學家？」

「是，請你看看這些東西，或許事情就**真相大白**了。」原振俠一面說，一面將化妝箱打開，遞到黃絹面前。

黃絹滿不在意地順手抓起一疊紙張來，可是才看一眼，就**怔住**了！

她抬起頭來，說：「上校，你真有本事，從哪裏弄來這些尼格酋長寫的東西？」

溫谷上校嘆了一聲，並沒有回答，倒是呂特生**緊張**地問：「你肯定這是尼格酋長寫的？」

黃絹揚眉道：「當然，我負責調查他的失蹤，你以為我沒做過準備工作？我肯定這是尼格酋長的**筆迹**！」

陳維如仍坐在沙發的一角，不由自主地發出了一下呻吟聲來。

原振俠吞了一下口水，告訴黃絹：「可是寫下這些字的人，是徐玉音，就是陳維如的妻子。」

黃絹怔了一怔，然後用力拍打着手中的紙張，面露不屑，「這種**鬼話**我不會相信！」

呂教授馬上回應：「是的，可以稱之為鬼話，但你必須把鬼話從頭到尾聽一遍。」

黃絹以一副倔強而不服氣的神情望向各人，可是她接觸到的眼光，連陳維如在內，都是那樣**堅定不移**。

尋找玉音的辦法

她於是坐下來，冷冷地問：

好，鬼話由誰來説？

原振俠吸了一口氣，

我來説！

黃絹向原振俠望了一眼，然後就低着頭，一面聽原振俠説，一面 **迅速** 地翻閱那些寫滿了阿拉伯文字的紙張。她的神情看來並不緊張，可是鼻尖和唇上，卻漸漸滲

出細小的 *汗珠*，那説明她感到極度恐懼、驚詫和疑惑。

等到原振俠講完，溫谷和呂特生亦作了補充後，黃絹長長地吸了一口氣，「這些文件可以交給我 **處理** 嗎？」

黃絹其實只是循例一問，這裏是她國家的領事館，她要得到這一批文件，誰也沒有能力阻止。

不過原振俠還是説：「那要問陳維如——」

陳維如立時道：「可以，但我要知道上面寫的是什麼！」

黃絹的神情看來 **若無其事**，簡單道：「上面全是道吉酋長國上層人物互相鬥爭的來龍去脈，還有他們之間各自培植的政治勢力狀況，以及種種的恩怨。」

陳維如不由自主地喘着氣，「不止這些吧，他難道沒有提及自己⋯⋯靈魂的遭遇？」

黃絹 **輕描淡寫** 地説：「提到了一些。他只説自己

迷路了，原因不明，忽然從鏡子中看到自己變成了一個十分美麗的女人。」

溫谷上校接着問：「他有提及自己迷路的經過嗎？」

黃絹搖頭道：「沒有。的確，這些文件可以證明你們的推測正確，那麼現在尼格酋長到哪裏去了？」

只見他們三人苦笑了一下，原振俠才説：「這和剛才維如在問的問題一樣——徐玉音的靈魂到哪裏去了？」

黃絹看得出他們無法回答，也沒有再問什麼，只把文件放回化妝箱中，説：「這件事應該宣告結束了。我回去之後當然不能據實報告，只好説我的尋人任務失敗了，就像溫谷上校的調查報告一樣。」

溫谷上校不禁苦笑，用手指抓着他那頭火紅的頭髮。

黃絹又説：「我們剛才討論的事，絕非世界現存觀念所能接受的，所以我主張它成為我們這幾個人之間的

秘密。」

　　呂特生立時搖着頭，「不行，這是靈學界的重要發現，我要報告這椿典型的<u>靈魂</u>轉移實例。」

　　黃絹對呂特生的不服從感到不滿，可是她知道自己無法阻止對方這樣做，所以只是悶哼了一聲，轉過頭去，向溫谷上校説：「上校，以貴國情報局的能力，有一件事倒是可以調查的。」

溫谷上校挺了挺身子，黃絹已將王一恆給她那三張請柬取出來，說：「請 🔍**調查** 這請柬是誰發出的。」

溫谷上校接過請柬，其他人也細看着，黃絹於是解釋了有關這請柬的一切。

呂特生頓時「啊」地一聲說：「是有人**邀請**尼格酋長前去的！」

黃絹沉聲道：「其實我對你們的假設，只能接受下半部，我還不相信什麼迷失到了另一個空間的說法。你們都看到這些請柬，尼格酋長的失蹤，毫無疑問是一場經過精心安排的**陰謀**！」

溫谷上校雖然是靈魂學家，但由於工作性質的關係，想法倒和黃絹比較**接近**。所以他點頭道：「對，不應該排除這個可能。不過，你又如何解釋他以後的事？」

「我認為在那個陰謀計劃中，尼格酋長已經死了！就像你們剛才所講，靈魂和軀體會在特殊的情況下分開，那特殊的情況不就是**死亡**嗎？」

黃絹的說法也很合理，所以大家並沒有反駁。

她接着又說：「至於尼格酋長的靈魂和徐玉音腦部發生了聯繫這一點，**證據**算相當充分，倒是不用懷疑。」

這時原振俠追問那些阿拉伯文字的內容：「如果尼格酋長是被人害死的，那麼他手寫的那堆內容，難道絲毫沒有提及過？」

黃絹毫不猶豫道：「沒有。他只說突然之間發現自己變成了一個*美麗的女人*。」

大家對這個講法感到疑惑，黃絹又補充道：「我估計他的死亡是突如其來的，譬如在**駕駛**中突然死去，連他也不知道自己是怎麼死的！」

這個解釋雖然比較合理一些，但仍然無法解釋何以在極短時間內，連人帶車一起失蹤這個**怪現象**。

黃絹沒興趣再討論下去，轉向陳維如，説：「陳先生，我已經替你安排好了，你會乘搭外交專機到巴西去，你舅父説他已經託人在巴西照顧你。」

陳維如的神情一直十分沮喪茫然、失魂落魄。可是這時，他突然站了起來，**斬釘截鐵**道：「我不去巴西！」

各人都怔了一怔，黃絹提醒他：「陳先生，除了巴西之外，我想不出你還有什麼地方可去！」

陳維如的神態更**堅定**，可見他已下定了決心，他一字一頓説：「我有要去的地方，玉音到哪裏去了，我就到

哪裏找她！」

　　誰都知道徐玉音已經死了，這樣説是什麼意思呢？大家都不期然**心頭**一震，原振俠更立即叫道：

維如——

可是他還來不及講下去，陳維如已經打斷了他的話，忽然像演講一樣站起來，**激昂**地說：「各位，本來我對於靈魂一無所知，也根本不認為人有靈魂，可是發生在玉音身上的事，除了確定靈魂真實存在之外，似乎沒有別的解釋了！」

他頓了一頓，神情是那樣認真，使人人心中都感到了一股**寒意**，然後他深吸一口氣，續說：「如果我要找玉音，如果我想知道她的靈魂去了哪裏的話，那麼……我自己也必須經歷一次——」講到這裏，他突然住了口。

這時，人人都屏住了**氣息**，呆得說不出話來。

就在黃絹一呆之間，意料不到的事發生了——陳維如站起來講話時，大家都只注意他的話，並沒留意到他站立的位置一直在移動，不經不覺已經移到了黃絹身邊。

而陳維如就趁着黃絹那一呆，突然**奮力**撞向她！

陳維如平時看來文質彬彬，這時的動作卻又快又猛，才一撲向黃絹，手一伸，已將黃絹軍服上的那柄手槍拔在手中，並且把剛才那句話說完：「靈魂離體！」

第十七章

事情結束

那是一柄威力十分強大的軍用手槍，所有人一時之間都呆住了！

雖然陳維如握槍的手勢有點**笨拙**，但這並不能減輕緊張的氣氛。他喘着氣，喝道：「你們不要阻止我！」

黃絹感到很**憤怒**，卻沒有發出什麼聲音來，因為誰都看得出，如今的情形下還是不要激怒陳維如較好。

首先打破沉默的是原振俠，他竭力勸道：「維如，這

樣沒有用的！」

陳維如向他望來，「怎麼沒有用？你們不是已經肯定有**靈魂**麼？為什麼沒有用？」

原振俠説：「可是，你根本不知道靈魂存在於什麼地方，以什麼方式移動、轉移，你怎麼能找到玉音？」

陳維如怔了一怔，隨即有點**神經質**地笑了起來，「現在不知道，但只要……我的靈魂也脫離肉體，就自然會知道了！」

陳維如主意已決，把槍口對準了自己。

原振俠大喝一聲，**不顧一切**地向陳維如撲了過去。可是原振俠的動作再快，也不及陳維如的手指略略一扳！

一下駭人的槍聲響過，陳維如便應聲倒地。

原振俠本來想替他急救，但看到他那面目全非的頭顱，任誰看了都知道他是徹徹底底地死去，**無法挽回**。

槍聲還在各人耳邊迴響之際，一陣急促的腳步聲傳了過來，房門打開，幾個穿軍裝和便裝的人員出現在門口，緊張地叫：「部長！」

黃絹極力保持**鎮靜**，「你們要用最得體的方式處理屍體，然後等待我的命令，準備與王一恆那邊交接。」

在門口的幾個人大聲答應着，黃絹已大踏步地走向外面。溫谷上校和呂特生重重地嘆一口氣，也跟着走了出去。

原振俠實在沒有勇氣再多看陳維如一眼，他心中極度自責，*後悔*自己不該向陳維如講及那麼多關於靈魂的事，使陳維如相信這樣做可以和他的妻子會合。

一眾人員已經開始處理屍體，原振俠心中十分*茫然*，只好也走出去。

他們全跟着黃絹進入另一個房間，四個人良久説不

事情結束

出話來。

黃絹來回踱步了好一會，突然說：「整件事已經**結束**了！」

呂特生和溫谷互望了一眼，隨即又望向被黃絹帶出來的那個化妝箱，不論對靈魂學研究，還是對溫谷的調查工作，那都是十分寶貴的**證物**。但黃絹立時將手按在箱上，說：「上校，你的調查任務早已結束了！」

溫谷一臉不服氣，卻又想不到如何從黃絹手中把化妝箱內的文件奪回來，只好嘆息一聲，便轉身走了。呂特生也跟着溫谷離去，原振俠亦準備離開。

但黃絹突然叫住他：「等一等！」

原振俠向她望過去，黃絹**猶豫**了一下才說：「由你告訴王一恆吧，我暫時不想見他，我要立即趕回去──」

她指着化妝箱，繼續道：「這裏面的記載，可以使我們的勢力**輕而易舉**地進入道吉酋長國！」

「我們？」原振俠感到既奇怪，又反感。

黃絹解釋道：「我是指我和將軍。」

原振俠實在沒有什麼好說，轉身向門口走去。

就算黃絹沒有交託，身為陳維如的好友，原振俠也打算親自去把陳維如的死訊告訴王一恆。

怎料王一恆聽完後，只若無其事地「嗯」了一聲，「這樣警方也不會再來麻煩我了。」

原振俠想不到，王一恆的反應竟如此冷淡。他感到了一股涼意，也對眼前這個處處受人崇敬的人極度鄙視，冷冷地說：「我走了！」

王一恆作了一個手勢，示意他留下來，可是原振俠假裝看不見，轉身走向門口。

王一恆不得不站起來，叫住他：「請等一等。」

原振俠站定，但並不轉過身來。王一恆不知有多久沒受過這種不禮貌的對待了，他忍住心頭的怒意，說：「黃小姐她──」

「黃絹只怕已在她的專機上，她有重要的事務要回去

處理！」原振俠講完這句話後，**頭也不回**就走了。

王一恆思潮起伏，身體甚至不由自主地發起抖來，因為黃絹看來對他一點意思也沒有，他感到羞辱，同時感到憤怒。多少年來，他一直在**成功**的坦途上邁步前進，想要的東西他都能加倍地得到，可是黃絹卻根本沒將他放在心上！

他面上的肌肉在**跳動**着，忍不住高聲喊叫：「我一定要得到你！一定要！」

當王一恆下定決心要得到什麼的時候，通常真的可以得到。這次套用在黃絹身上，王一恆卻**一籌莫展**。

王一恆的確已經盡他所能了。他先是用巨鉅款賄賂了卡爾斯將軍的兩名親信，要兩人向他報告黃絹在當地的活動和行蹤，包括她和卡爾斯將軍一切日常生活。

而這兩個收受了巨款的官員還有一個**任務**，就是

事情結束

在「適當的時機 *挑撥離間* 卡爾斯將軍和黃絹的關係，目的是要令黃絹失勢，被迫離開卡爾斯。

可是結果卻使王一恆震驚。那兩個親信之一果然在適當時機說了一些是非，卡爾斯將軍聽完之後，**陰森**地笑着道：「是嗎？」然後已經握槍在手，一槍轟去那親信的半邊腦袋。

這件事發生後，另一個僥倖未死的官員告訴王一恆：「就算你把 **財產** 全部給我，我也不會替你做任何事！」

王一恆倒不惋惜他花出去的冤枉錢，只是那種一次又一次的失敗，使他難以忍受。

後來，當卡爾斯將軍的 **勢力** 突然伸進了道吉酋長國，使得道吉酋長國的領導人，甘願把酋長國置於卡爾斯將軍的保護下時，全世界都為之愕然。這樣一來，卡爾斯

將軍手中不但有鑽石，而且也有了石油，使他**瘋狂**的野心可以進一步拓展。

　　這件大事發生後一個月，在一次盛大的閱兵典禮上，卡爾斯將軍讓全副武裝的黃絹與他並立在檢閱台上，還當場宣布黃絹的軍銜是 **將軍** ，職位是全國武裝部隊副總司令，而總司令就是卡爾斯自己。

這項宣布使黃絹**名正言順**地成為這個國家除了卡爾斯之外最重要的人物。

王一恆接到這個消息後，難過得整天不接見任何客人，只是獨處一室，雙手緊緊地抱着頭，思索着有什麼**力量**可以使黃絹離開卡爾斯將軍而投向他。然而，那都是白費時間，因為他根本沒有任何辦法可以辦到！

第十八章

第四次收到請柬

徐玉音的死和陳維如的自殺，成為本地頗為**轟動**的一件大新聞。但不論多大的新聞，隨着時間過去，總會被人漸漸淡忘。而且，陳維如和徐玉音之間發生的事，新聞界並不知道**真相**，只當是陳維如精神錯亂而已。

再加上王一恆有很大的影響力，傳媒在報道這件事的時候，多少給王一恆一點面子，不會太過渲染。

雖然如此，王一恆的日子卻不好過，並非因為他的外

甥死了，而是他的願望未能實現——他要得到黃絹！

　　對一個長期以來處於順境的成功人士來說，可望而不可即的感覺足以令他發瘋！

　　王一恆就這樣受着痛苦的折磨，好不容易熬到了一年快結束的日子。

　　那天，他又對自己產生了一種強烈的惱恨，獨個兒在辦公室裏大發脾氣，重重一拳打在辦公桌上。

一疊信件散跌下來，王一恆怔了一怔，因為看到了一張純銀色的 **請柬** ✉。

他吞下一口口水，相信請柬是秘書許小姐今天上午放進來的，當時王一恆心情惡劣，沒有聽她的匯報就趕了她出去。

王一恆瞄了一眼案頭上的 **日曆** 📅，今天正是十二月三十日！

他已經是第四次收到這請柬了！過去三次，請柬也是在十二月三十日送到，而王一恆總是一笑置之，雖然曾引起過一點 **好奇**，但始終未真正赴約。

王一恆打開了請柬，和以前那三張幾乎完全一樣，唯一不同的是由原來的六種文字，**縮減** 成只有五種文字，其中沒有了阿拉伯文部分。

王一恆仔細讀着請柬上的文字：「敬請閣下於十二

月三十一日晚十一時五十九分，獨自準時到達夏威夷群島……屆時，閣下將會見到最想見的人，和遇上最渴望發生的事……」

果然和過去三次**一模一樣**。

王一恆閉上了眼睛，猶豫着該不該赴約。他不得不考慮尼格酋長上次赴約後突然**消失**了，如果他赴約是不是也會消失呢？

王一恆內心掙扎得非常激烈，以致鼻尖不斷滲出**汗珠**來，他盯着那張請柬，直到一顆汗珠滴了下來，落在請柬上，他也有了決定——得不到黃絹，生命全無意義，那麼去冒一次險又有什麼關係！

有了決定後，他反而鎮定了下來，按下對講機吩咐秘書：「替我通知機師，我有地方要去，立即出發。」

半小時後，王一恆已經登上了自己的**私人飛機**。

大約飛了七小時，機師向王一恆報告，還有三小時左右就可以到達目的地。王一恆吩咐機師和地面聯絡，通知三橋武也——一年前派去跟蹤尼格酋長的那個當地職員——到機場等候他的差遣。

飛機準時到達機場，王一恆一下機，就有當地的海關人員請他去辦手續。王一恆的心情顯得十分輕鬆，官

員問他此行的目的時，他回答道：「我來追尋一個使我生命更有**意義**和更快樂的**願望** 。」

官員呵呵地笑了，認為王一恆充滿詩意和幽默感。

機場大樓內，三橋武也看到了王一恆，立即揮着手奔了過來。像他這樣的小職員，從沒想過有機會面對集團的最高負責人。

王一恆和善地拍着他的肩頭，問：「我要你在針尖峰附近，替我找一個**安靜**的休息地方，找到了沒有？」

三橋武也抹着汗道：「找到了，一棟十分精緻的小洋房，設備很齊全。」

王一恆吩咐機師：「你另外找地方去*休息*，我想一個人靜一靜。」

機師大聲答應着，王一恆和三橋便向外走去，三橋急急奔向一輛車子，打開車門，恭候王一恆上車。王一恆坐

定後，忽然説：「你上次的報告很不錯。」

三橋滿面慚色，連忙道歉：「上次我跟蹤失敗，真是對不起。」

王一恆擺了擺手，「沒關係，你先帶我沿你上次跟蹤的路走一遍。」

三橋大聲答應着，便立即開車駛去，不一會，已駛上了登山 的路。三橋一面開車，一面解釋當日跟蹤尼格酋長時的情形。

當來到那段連續的彎路上，三橋把車子的速度減慢，説：「到這裏為止，當時酋長的車仍然在前面，他先轉過彎去，我也跟着轉彎──」

車子轉過了那個彎角後，三橋又説：「大概在這裏，前面的車子突然沒有了任何聲響，消失不見了！」

王一恆沉聲道：「停車。」

三橋立即把車子停到路邊，王一恆下了車，有幾輛車子在路上駛過。

　　這個太平洋小島是著名的旅遊區，**山明水秀**，風光怡人。王一恆看了一會，轉過頭來問：「這裏離針尖峰有多遠？」

　　三橋**恭敬**地回答：「不遠，五分鐘就到了。」

　　王一恆想了一會，實在想不出尼格酋長連人帶車失蹤的原因，於是又上了車，吩咐三橋：「到針尖峰去！」

　　三橋繼續開車，已經可以看到針尖峰。針尖峰海拔不過八百米，並不算高，可是形狀十分**奇特**。

　　車子在峰下的空地停了下來，空地上還停着幾輛旅遊車，不少旅客正在**拍照**。

　　王一恆並沒有下車，看了看手表，離約定時間還有三十多小時，到時他在這裏，究竟是不是可以見到最想見

的人？遇上最渴望發生的事？還是像尼格酋長一樣**莫名其妙**地失蹤，甚至忽然變成了另一個毫不相干的女人？

他沒有逗留多久，又開了車，前往一棟精緻的小洋房。三橋帶着王一恆走進去，裏面的佈置也十分精緻。

王一恆表示**滿意**後，揮手讓三橋離去，並吩咐他絕不可以來打擾。三橋連聲答應，匆匆退下。

就在王一恆等待約會時間來臨，受着痛苦的**煎熬**之際，一個長途電話接到了王一恆的辦公室，聲稱有重要的事要找王一恆先生，而找他的人是黃絹將軍。

王一恆的秘書回答道：「真對不起，王先生突然離開，不知道上哪裏去了。」

對方語氣**堅決**：「有重要的事，請提供他的行蹤。」

秘書的回答是：「我們真的不知道王先生的行蹤，只知道他在十多小時前吩咐準備**私人飛機**，即時出發，

但目的地不明。」

電話是黃絹的秘書打去的，當黃絹聽了秘書的報告後，立即疾聲**下令**：「運用外交關係聯絡他們的航空管理局，查詢王一恆的飛機飛經何處。不論他是什麼樣的大人物，他的私人飛機必須向當局提供飛行資料的！」

秘書馬上去辦，黃絹則在**沉思**：王一恆到什麼地方去了？

已經是一年要結束的時候，黃絹找王一恆是想問他，是不是又收到了那張**怪請柬** 。同樣的電話已經打了四次，分別是打到法國、日本、巴西和美國。這四人的名字是王一恆給她的，而黃絹向他們詢問了同樣的**問題**，得到的答覆是：

「是的，又收到了，當然，那只是一種玩笑。」

「對的，開玩笑的人真有毅力，已經連續四年了。」

「很奇怪，居然查不出請柬是誰發出來的。」

「什麼？去赴約？哈哈，當然不會！」

黃絹以為王一恆的電話接通後，也會得到類似的回答，可是**出乎意料之外**，王一恆突然離開了！

第十九章

齊集

針尖峰

　　王一恆的私人飛機行蹤已經查到了，是直飛夏威夷群島的毛夷島！

　　黃絹立時可以**肯定**，王一恆赴約了，而他赴約的目的，黃絹也頗有自信：是為了她！

　　黃絹一直對請柬的事十分**好奇**，寄出請柬的人到底是誰？連溫谷上校所屬的中央情報局也查不出來。

　　此外，赴約的人將會遇到什麼事？為何上次尼格酋

長赴會後會連人帶車消失，而靈魂卻注入了另一個女人身上？黃絹感到這背後是一股極**強大**的**力量**，那種力量是卡爾斯和王一恆都無法比擬的！現在難得王一恆去赴會，她決定去**一看究竟**！

黃絹在飛機上，想到王一恆看見她時，一定會認為是那神秘請柬的力量將她帶來，就忍不住「咯咯」地大笑。

然後她又想到了原振俠，探究這樁奇異事件，又怎少得了這位「**老拍檔**」？她於是利用飛機的通訊設備吩咐當地的領事館，要他們用最快的方法，安排原振俠也趕到毛夷島來。

領事只好親自去找原振俠，為黃絹傳話：「黃將軍請原醫生你立刻到毛夷島去。」

原振俠感到**啼笑皆非**，「我並不是貴國公民，她有什麼權力指揮我？」

領事連連抹汗，「這是 **請　求**。黃將軍説事情和一張請柬有關。」

原振俠立時吸了一口氣，是啊，又是一年快結束的日子了。尼格酋長的神秘失蹤、徐玉音的離奇遭遇，還有陳維如的悲慘死亡──原振俠也經常在 **思索** 這些怪異的事，但一直只知結果，卻弄不清當中原因。

這時他不禁怦然**心動**，神情猶豫起來。領事趁機道：「原醫生，如果要去的話，得爭取每一分鐘時間，黃將軍說必須在當地時間的除夕午夜之前趕到。」

原振俠喃喃道：「是的，那請柬上是這麼說。」

領事很**着急**，極力催促：「黃將軍說王一恆先生已經去了！」

原振俠「啊」地一聲，王一恆終於去赴約了！原振俠大概猜到王一恆的**願望**是什麼，也很好奇究竟在王一恆身上會發生什麼事，於是回覆領事：「好，我去！」

這時候，黃絹已經到達毛夷島了。美國政府自然知道她入境夏威夷的消息，立時將**情報**送到溫谷上校手上。

黃絹到毛夷島去了，她去幹什麼？溫谷上校連忙蒐集情報，得知亞洲富豪王一恆也到了毛夷島去。

溫谷上校於是決定自行去看看在**毛夷島**上，究竟

齊集針尖峰

會有什麼事發生。

除夕夜 ，在這個恬靜的島嶼上，和尼格酋長去年神秘失蹤一事有關連的人幾乎全都到了。

王一恆最先到達，在那棟美麗的小洋房等待着午夜的來臨。對他來說，時間過得如此 **緩慢**

黃絹一下機，一輛露營車已經停在飛機場外，供她獨自駕車，直駛向針尖峰。

黃絹手下替她準備的 **露營車**，自然是設備最好的一種，先進豪華，應有盡有。她來到針尖峰下時天色已黑，所有遊客都已經離去，附近一帶幽靜得出奇。

黃絹找了一個相當有利的位置停車，拿出紅外線望遠鏡，這時 **天色** 雖然黑了下來，但紅外線望遠鏡使她可以清楚看到三百米外的一株松樹上，有兩隻 **松鼠** 正在追逐嬉戲。

四周靜得一點聲音也沒有，所以當她聽到一陣汽車聲傳來時，她知道那是原振俠到了。

　　半分鐘後，那車子駛到來，車燈熄滅，沒多久就有人敲露營車的門，黃絹馬上沉聲道：「進來。」

　　門打開，果然是原振俠，兩人對望着，誰也不開口。

然後原振俠進來坐下，正想打開話題的時候，忽然又傳來汽車聲，使黃絹和原振俠都 **緊張** 起來。原振俠看了看時間，才八點鐘過一點，他望着黃絹，「這麼早，王一恆就來了？」

　　黃絹立即拿起紅外線 **望遠鏡** ，往汽車聲的方向看去，她看了一會，冷冷地説：「我們的紅頭髮朋友來了！」

　　「溫谷上校？」原振俠很**詭異**，「他來這裏的目的是什麼？」

　　「誰知道？每個人都有不同的**目的**。」黃絹冷淡道，然後把望遠鏡遞給他。

　　原振俠用望遠鏡看過去，見到溫谷從一輛小車走出來，四面看着，顯然未注意到露營車和原振俠駛來的車，

接着他又上了車，把車緩慢地倒退到一株**大樹**後面停下。

原振俠喃喃道：「大家都來了，至少有一個目的是每個人都一樣的——想看看邀請王一恆來的是什麼人？和尼格酋長的神秘失蹤有什麼》**關連**《？」

也許因為呆等着實在太無聊了，黃絹竟**調皮**起來，故意刺激原振俠，情深款款地望着他說：「你錯了。你有

沒有想過，我來這裏的目的跟你們不一樣？」

看到黃絹含情脈脈的眼神，原振俠不禁緊張起來。

黃絹微笑了一下，接着說：「就是想見見王一恆。」

原振俠登時火冒三丈，強忍着怒氣說：「我並不後悔這次來了，但是我可以肯定，以後再有這樣的情形，我一定不會再來！」

看到原振俠為了她吃醋激動，黃絹心裏覺得好玩，於是又說了一句：「我也不知道為何想見他，或許這就是請柬裏提及的奇妙力量，令王一恆見到最想見的人，遇上最渴望發生的事，所以我就被那股力量帶來了。」

原振俠聽了後，剎那間感到心口一陣絞痛，實在忍不住了，怒道：「既然我們目的不同，沒必要一起觀察，我另外找地方去等待！」

黃絹玩出禍了，原振俠一個轉身就推開門離去。

　　這時候，他心中的憤怒、煩悶、哀痛、激動，*真是到了極點*！

　　他要另找一個地方藏身，可是天色很黑，又為了不讓溫谷發現，他不敢打開任何 照明工具 ，只能摸黑而行，朝隱蔽的地方走，在石縫之間快速穿梭，終於一不小心，在 黑暗 之中一腳踏空，整個人向前跌了出去。

一瞬之間，他覺得自己撞中了什麼，跌坐在地上。

當他喘息着，還未能睜開眼來之際，忽然感到了一股**寒意**，使他不由自主地全身發起抖來。

接着，有一個人緊緊地抱住了他。

從對方的體型和氣味，原振俠隱隱感覺到那是黃絹，難道剛才黃絹追了出來，看見他跌倒了，走過來抱着他？

當他的雙眼能夠睜開來時，整個人如同遭到**雷擊**一樣呆住了！

他首先看到的，確實是黃絹的臉。然後他看到一堆篝火，**火光閃耀**，而他竟身處一個山洞之中！

最令原振俠吃驚的是，這個山洞他再熟悉不過，正是他與黃絹遇難時曾經度過了幾天的山洞！那幾天已成為原振俠一生之中最難忘、最快樂，同時又最心痛的**回憶**！

第二十章

空間轉移

　　原振俠實在驚訝不已，怎麼又回到這個山洞來？黃絹怎麼又在他的懷中？這是**不可能**的事！

　　幾秒鐘之前，他還在夏威夷，絕不可能在幾秒鐘內就到了日本！

　　這一定是**夢境**，他清楚記得自己剛才在找藏身處時跌了一跤，他一定是昏迷了，正在做夢。

「我在做夢！這不是真的，**不是真的！**」他用力推開了黃絹，向外面奔去。

空間轉移

可是一去到山洞口，刺骨的寒風又把他逼了進來，眼前突然一黑，那堆火光也不見了，他不知道自己在什麼地方。

他拚命睜大眼，可是四周漆黑一片，什麼都看不到。他伸手摸索着，但發現自己好像處身於虛無境界之中，不論他如何努力，什麼也碰不到！

他整個人甚至是飄蕩在空中的，這感覺真是駭異之極。他剛想大聲叫，就聽到有人在講話。

有人說：「怎麼一回事，這個人怎麼不受控制？」

另一個人說：「或許是能量還未完全集中，就給他破壞了。」

原振俠完全聽不明白，大聲叫了起來：「什麼人？你們是誰？」

對方沒有回答，仍在互相對話。

空間轉移

「咦，他到哪裏去了？怎麼忽然不見了？」

另一人說：「我找到他了，他在**穿越**空間的過程中。但很奇怪，他怎麼停頓在兩個不同空間之中？」

「是啊，怎麼一回事？」

這時，原振俠再叫道：「請**回答**我的話，你們能聽到我的話嗎？」

他還是沒有得到回答，聽到的仍然是那兩個人的對話。

一個說：「看來又是**意外**，和去年一樣。」

另一個道：「去年也不能算是意外，我們的空間轉移是**成功**的。」

「但那人在空間轉移的過程中，因恐懼過度而心臟病發死了。」

「可是他的記憶系統卻繼續了轉移的過程，只不過那

種轉移的過程不受**控制**，逸出了原定範圍，連我們也找不到了。」

原振俠心中怦怦亂跳，道：「你們在說尼格酋長！」

這時，原振俠對自己的處境多少有點了解。他經歷了「**空間的轉移**」，從夏威夷忽然到了日本。而從那兩個人的對話聽來，呂特生和溫谷上校的假設大致沒有錯。在空間轉移的過程中，尼格酋長由於極度**驚恐**而心臟病發死亡，可是轉移仍繼續，他的身體和汽車不知被轉移到什麼地方去了，而他的「記憶系統」卻在轉移過程中「逸出了範圍」。

所謂「記憶系統」，看來就是一個人的**靈魂**。原振俠倒是知道它去了何處，它和徐玉音的腦部發生了作用，使徐玉音變成了另一個人！

原振俠不斷大叫：「**你們究竟是誰？**」

　　但對方顯然聽不到原振俠的呼叫，繼續自顧自交談。

　　「真不懂，他剛才不是已經見到想見的人，遇到渴望發生的事嗎？怎麼突然又**放棄**，說自己只是在做夢？」

　　「我也不明白，對他們來說，應該沒有真假之分，一切全是他們腦神經細胞的活動。這個人好像有點**特別**，或許他的腦細胞活動比較難受控制？」

原振俠已經不再出聲，靜聽那兩個人的 對話 。

「轉移空間的能量全被這個人用去，積聚能量又得花一年時間。王一恆今年要 失望 了，明年他會不會再來？」

「誰知道？明年我們要不要多發一張請柬？發給誰好呢？」

「這倒可以慢慢商量。」

「他們的大腦構造真奇特。當看到或摸到一件東西時，那只不過是大腦細胞接收到的一個 **信號**，至於那樣東西實際上是不是存在，他們根本不能確定，只要大腦覺得它存在，它就存在。」

「是啊，所以我才説這個人很特別，居然 **執著** 於真假。」

「唉，還是那句話，真的就是假的，假的也就是真的！」

原振俠是一個 **醫生**，自然知道人體各感官都是與腦部相聯繫的。手指碰到了物件之後，由感覺神經將信號傳到腦部，由腦細胞的活動來決定這是什麼東西。如果腦細胞的活動有錯誤，那就不能作出正確的判斷了。

如果腦部把不存在的當作存在，那麼 **真** 和 **假**，還有

什麼分別呢？

　　那兩個人的對話仍在**持續**：「不只實際的東西，就算抽象的意念，對他們來說情形也相同。」

　　「是啊，當一個人的腦部判定是快樂，這個人就快樂；判定是傷心，他就會傷心。」

　　「我們的轉移空間實驗算是**成功**的，而且在轉移空間的過程中，我們可以使一個人腦裏最想實現的事變成事實──至少他們覺得是事實。」

　　「對，這一點成績是肯定的。而去年那個人雖然出了意外，我們倒也有意外的**收穫**，發現他們的記憶系統可以獨立存在，形成一組微弱的電波，在偶然的機會下還可以和別的生命產生連繫！」

　　「是，這一點十分重要。他們在**若干年後**，可能發展到這組微弱的電波單獨存在，那麼在某種意義上，他們

空間轉移

的生命就是**永恆**的了！」

另一個打哈哈道：「那不知道是多少億年以後的事，他們這個**星球**可能已不存在了！」

原振俠愈聽愈吃驚，這兩個人口中的「他們」，自然是地球上的人類！

那麼，這兩個對話者的身分已經**呼之欲出**，原振俠不禁驚呼起來！

在他的驚呼聲中，忽然又聽到那兩人的其中一個在叫：「看，又發生轉移作用了！」

原振俠只聽到這一句，就感到了一下**震動**，接着強光耀目，令他什麼也看不到。沒多久，他又感到有人在搖他的身子，他勉力睜開眼來，看到自己正躺在一幅**草地**上，搖着他身子的是溫谷上校。

溫谷上校一看到他睜開眼來，就說：

原振俠帶着**疑惑**的神色慢慢地站起，針尖峰就在眼前，他又回來了！

他深深地吸了一口氣，溫谷上校問他：「在你身上發生了一些事，對嗎？」

原振俠苦笑一下，然後開始講述剛才的*奇遇*。

聽原振俠講完後，溫谷上校深吸了一口氣，「又多一個例子，證明有**外星**來的高級生物在地球上活動。」

原振俠點點頭，然後問：「你有看到他們嗎？」

溫谷上校搖着頭，「我發現你在摸黑而行的時候，立即下車去叫你，可是突然之間，你就不見了！也看不到其他**異樣**，除了你和黃絹的車。」

原振俠接着問：「王一恆呢？他有沒有來？那麼黃絹——」

溫谷說：「王一恆沒有出現，天一亮，黃絹就開車走

了。」

　　溫谷不知道，王一恆一直考慮到將近午夜，快要出發時才突然**退縮**。因為他冷靜一想便愈想愈怕，萬一他的靈魂也注入到別人的身體怎麼辦？他可能會變成女人、窮人、小孩，甚至不是人，而是動物、昆蟲，那他將永遠得不到黃絹，連畢生努力得來的財富和成就也會**化為烏有**。所以他猶豫了，最後不敢應邀赴約。

當然，他來的話也是白來，因為轉移空間所需的能量，已經被原振俠耗光。

原振俠和溫谷亦不知道，黃絹離去後在毛夷島的機場與王一恆相遇，兩人互道了**新年快樂**。

溫谷和原振俠在針尖峰下又逗留了三天，希望能和那兩個對話者相遇，但是沒有結果。溫谷堅信在針尖峰下一定有着某種裝置，可以積聚能量，達成空間轉移的目的，所以他和原振俠曾仔細**搜索**過，可是也沒有任何發現。

原振俠嘆了一口氣，「陳維如實在太傻、太無辜了，他死了也不能使靈魂離體。」

溫谷認同：「對，從尼格酋長的意外看來，靈魂要脫離身體**單獨存在**，先決條件是：要在空間轉移的過程中死亡！」

原振俠一攤手，「有多少人會在這種情形下死掉？」

溫谷苦笑道：「這正是全世界靈學家失望的原因之
一。」

每當原振俠回憶起那段真假難分的**奇幻**經歷時，都
不禁聯想到《紅樓夢》「太虛幻境」中的對聯：

 空間轉移

假作真時真亦假，

無為有處有還無！

原振俠系列少年版 02 迷路 下

作　　　者：倪匡

文字整理：耿啟文

繪　　　畫：東東

責任編輯：林沛暘

美術設計：張思婷

出　　　版：明窗出版社

發　　　行：明報出版社有限公司

　　　　　　香港柴灣嘉業街18號

　　　　　　明報工業中心A座15樓

電　　　話：2595 3215

傳　　　真：2898 2646

網　　　址：http://books.mingpao.com/

電子郵箱：mpp@mingpao.com

版　　　次：二〇二三年十一月初版

ＩＳＢＮ：978-988-8828-98-2

承　　　印：美雅印刷製本有限公司